푸른사상 시선 134

새의 식사

푸른사상 시선 134

새의 식사

인쇄 · 2020년 10월 23일 | 발행 · 2020년 10월 28일

지은이 · 김옥숙
펴낸이 · 한봉숙
펴낸곳 · 푸른사상사

주간 · 맹문재 | 편집 · 지순이, 김수란 | 마케팅 · 김두천
등록 · 1999년 7월 8일 제2-2876호
주소 · 경기도 파주시 회동길 337-16(서패동 470-6) 푸른사상사
대표전화 · 031) 955-9111(2) | 팩시밀리 · 031) 955-9114
이메일 · prun21c@hanmail.net /prunsasang@naver.com
홈페이지 · http://www.prun21c.com

ⓒ 김옥숙, 2020

ISBN 979-11-308-1712-5   03810
값 10,000원

푸른사상
시선

134

새의 식사

김옥숙 시집

푸른사상
PRUNSASANG

2003년도에 시로 첫발을 딛고 참 많이도 길을 돌아왔구나 싶다. 어리석고 길눈이 어두운 탓에 길을 잃고 헤맨 적이 많았다. 오랜 세월 서랍 속에 넣어두었던 시들이 나를 다시 불렀다. 이젠 꺼내달라고, 민들레 꽃씨처럼 허공을 날아 제 길을 가고 싶다고. 보도블록 틈새나 금 간 콘크리트나 돌 위에 떨어지든, 척박한 흙에 떨어져 싹을 틔우든, 이젠 멀리 날아가고 싶다고.

서랍 속 긴 어둠을 끈질기게 버텨준 내 시들, 내 어리석음을 견뎌준 당신, 길 위에 자주 넘어졌던 나를 일으켜준 눈부시게 아름다운 그대들. 길을 일러준 고마운 스승님들이 계셨다.

길을 많이 돌아오느라 첫 시집을 이제야 세상에 내보낸다. 변치 않은 벗처럼 나를 떠나지 않고 오래 기다려준 시, 시가 곁에 있다는 것은 얼마나 큰 위안인가.

다시 걸어갈 것이다.

2020년 가을 광안리에서
김옥숙

■ 시인의 말

제1부

제2부

제3부

제4부

제1부

정육점 앞에서

정육점 앞 잘린 소머리를 보았네. 질끈 감긴 눈 천 년 동안이나 감겨져 있을 것만 같았네. 죽음의 순간이 감긴 눈에 아로새겨져 있었네. 피에 젖은 소털, 길게 빼문 혀, 저 선홍색 혓바닥으로 이슬 머금은 시간을 썩뚝썩뚝 뜯어 먹던 그 소리, 그 싱싱한 소리, 푸른 풀잎 같은 소리들은 어디로 사라졌을까. 방목된 소리들은 어디로 사라졌을까. 푸른 하늘 위로 날아가던 새 떼를 올려다보던 소의 커다랗고 순한 눈망울 속에 고이던 시간의 우물은 어디로 흘러갔는가. 사내 아이들 소머리를 공처럼 툭툭 차고 바닥에 떨어진 저 붉은 피에서 화르르 일어나던 것이 무엇이었을까. 정말 무엇이었을까. 너 아니?

낙타

낙타의 젖은 눈썹을 본 일이 있는가
그림 속 낙타의 눈을 들여다보지 말라
낙타의 길고 아름다운 눈썹에 손을 대지 말라
천년만년 그림 속에 박제가 되어 있어야 할 낙타가
고개를 돌려 당신 앞으로 걸어 나올 것이다
낙타는 당신에게 올라타라고 말을 건넨다
언젠가 낙타의 등에 올라타고
한없이 사막을 건너갔던 것처럼 낙타의 익숙한 등
불룩한 혹을 쓰다듬을 것이다 당신은
지쳐 보이는 식구처럼 낙타가 안쓰러울 것이다
선인장들은 하늘에다 무수한 가시를 박아 넣고
메마른 하늘을 마구 찔러대고 있다
선인장의 눈과 귀는 뿌리에 있지 낙타가 말한다
캄캄한 지하에 눈과 귀를 박아 넣고
수만 미터 아래에서 물이 흐르는 소리를 찾아내는 거야
내 몸속의 물을 꺼내 마셔, 괜찮아
낙타의 목을 끌어안고 우는 당신
낙타의 몸에서 물을 꺼내 마신다.

모래바람이 불어와 낙타의 몸을 이불처럼 덮는다

당신은 눈물을 훔치며 그림 속을 걸어 나온다

당신의 몸속에 들어온 낙타 한 마리

문을 열면 모래바람이 거세게 불고

당신의 늑골 속으로 기억 속으로 모래가 쌓이는 소리

당신은 몸속의 낙타 한 마리 거느리고

사막을 건넌다. 그림 속의 낙타는 눈썹이 길다

그는 어디서든 들러붙는다

그는 어디서든 들러붙는다
지하철 입구에서 카드를 권유하고
초인종을 시도 때도 없이 누르고
마트앞에서학교앞에서횡단보도에서가게앞에서
전단을 나눠주는 그의 손길을 뿌리쳐도
오직 들러붙는 힘으로 질기게 살아간다
그는 절대로 포기할 줄 모른다
수화기 안에서 용수철 인형처럼 갑자기 튀어나와
"사랑합니다 고객님!"
명랑하고 쾌활하게 들러붙을 줄도 알고
택배 박스의 물건을 지켜내겠다는 굳은 신념으로
천기를 누설하지 않겠다는 듯 입을 꽉 봉하고
맹렬하게 들러붙어 있을 줄도 안다
떼어내어도 떼어내어도 들러붙는
저 끈질기게 들러붙는 힘은
들러붙는다는 것은 얼마나 거룩한 일인가
공사장에서좌판에서길바닥에서무료급식소에서
밥그릇에 들러붙어 밥을 먹는 일은 얼마나 거룩한가

아이가 엄마에게 들러붙어 있고
고양이들이 담장 위에 들러붙어 있다는 것
하굣길 아이들이 친구에게 들러붙어 있다는 것
우산 속 연인들이 한 몸처럼 들러붙어 있다는 것은
들러붙는 일은 얼마나 거룩한가
살아 있는 것들이 서로를 놓지 않으려고
삶에 꽉 들러붙어 있다는 것은 얼마나 눈물겨운 일인가
천 길 낭떠러지 아래로 떨어지지 않기 위하여
생을 꽉 쥐고 있는 뜨겁고 아린 손가락들

짜장면을 먹는 한순간

누구에게나 그런 순간이 있다
검은 짜장면이 눈앞에 놓이는 그 순간
짜장면의 냄새 속으로 하나의 얼굴이 떠오를 때
짜장면 냄새에 황홀하게 취하던
유년의 한 얼굴이 떠오를 때
검은 짜장면을 나무젓가락으로 쓱쓱 비비며
터져 나오는 속울음을 밀어 넣던 한순간이
검디검은 짜장면 그릇 속에서 걸어 나오고
후회라든지 슬픔이라든지 원망이라든지
미운 놈에 대한 끓어오르는 분노라든지
쓱쓱 젓가락으로 비벼서 입 안으로 밀어 넣는 한순간
한평생을 짜장면 집 주방 안에서
프라이팬에 돼지고기와 감자와 양파와 배추를 썰어 넣고
검은 짜장을 불에 활활 볶던
늙은 주방장의 눈빛을 마주친 한순간
짜장면의 색깔이 왜 검은지를 알게 된다
입가에 묻은 검은 짜장을 훔치며
쓰디쓴 생을 향해 씨익 웃어주는 한순간

때절은 주렴을 걷고 중화반점을 나오면
남루한 한목숨을 햇살의 파도가 실어
생의 해안으로 떠밀어 올려주는 그 한순간
짜장면 냄새가 지상의 어느 꽃향기보다
진하고 황홀하게 피어나던 그 한순간,

소파 속으로 들어간 아버지

아버지는 어느 순간부터
없는 사람이 되었다
아버지의 몸은 점점 투명해진다
소파 위에 앉아 텔레비전을 보고 있는,
식탁에 앉아서 밥을 찬물에 말아 먹는,
늦은 밤 라면을 끓여 소주를 마시는 아버지를
쳐다보지 않는다 식구들은
오랜만에 식탁에 둘러앉아도
아버지와 눈을 마주치지 않고도
김치를 씹고 콩나물국을 떠먹는다
식탁 가운데 앉은 아버지는
나 여기 살아 있노라고 헛기침을 하다가
젓가락을 세게 놓거나 물을 엎질러보았으나
아무도 쳐다보지 않는다 대신
식구들은 벽을 쳐다보거나 가스레인지를 돌아본다
오래전 실직한 아버지는 밥도 되지 못하고
식구들의 옷 한 벌도 되어주지 못했다
자기가 벽돌을 하나하나 올린 집에서

이제는 없는 사람이 된 아버지
길가에 버려진 소파에 눈길이 머문다
누군가의 눈물 자국과 한숨과 땀 냄새를
뙤약볕 아래 말리고 있는 낡은 소파 속으로
아버지 들어가 눕는다
뙤약볕 아래서 몸을 말리는 소파
따뜻하게 부풀어 오른다
부드럽고 따뜻한 소파의 몸속에서
투명한 아버지 몸을 뒤척인다

환지통

푸른 해변의 꽃밭에
붉은 화상 흉터 같은 꽃들이 피어 있다
샐비어 꽃이 화르르 불타고 있다

방적 공장에서 손을 다친 이후
네게는 꽃들이 모두 핏빛이다
핏빛이었으므로 너의 집 안에
붉은 꽃이 핀 화분을 들여놓지 않는다

붉은 화상 자국 같은 꽃들이
마구마구 불길처럼 타오르고
너는 손등의 흉터를 내려다본다
뚝뚝 떨어지는 꽃잎, 잘린 손가락 끝
아프고 가렵다

꽃밭 속에서 파도 소리 들린다
꽃은 수많은 귀를 가지고 있다
귓속에 파도 소리를 가득 채우던 꽃들

너의 발치 아래 파도를 흘려보낸다
다친 손을 어루만지며 파도가 일러준다
가슴속 흉터부터 쓰다듬어주라고

너는 화상 흉터 같은 붉은 꽃 한 송이
네 잘린 손가락에 붙여본다
화르르 피어나는 붉은 꽃 한 송이
환한 상처의 꽃이 핀다

부드러운 강철 혓바닥

오체투지로 뜨거운 흙길을 기어가는
저 길다란 혓바닥 하나
단 한 마디의 소리도 내지 않는
저 깊은 묵언 정진을 보라
달팽이는 혓바닥을 길에 대고
맛을 보며 평생을 기어온 것이다

저 길고 말랑한 혓바닥은
날카로운 가시에 찔려야 했으리
세상의 밑바닥을 기어도 기어도
도무지 생의 맛을 모르겠다는 듯
소리 없는 말씀을 투명한 씨앗처럼 뿌리며
흙먼지 길을 맨몸으로 기어가는 달팽이
저 딱딱한 껍질 속에는
세상의 비밀한 맛들이 숨겨져 있으리

나무를 타 넘고 뜨거운 돌과 바위를 타 넘고
느릿느릿 기어가는 부드러운 강철 혓바닥

생의 맛을 보는 일이란 몸속의 말들을
눈물로 바꾸는 일이라고
결국 온몸의 즙액을 다 짜내야만 하는 일이라고

물에 떠내려가는 나뭇잎 배 같은
여리고 강한 혓바닥 하나
흔들리며 생의 바다를 건너간다
뜨거운 길을 껴안는다

횟집 수족관 속에서

횟집 수족관 속에서
방어, 도미, 광어, 줄돔, 농어, 민어
시간의 살결을 쓰다듬듯 느릿느릿 헤엄친다
성질 급한 놈은 벌써 배를 드러내고
죽음의 문틈으로 서둘러 들어간다

뜰채로 횟감을 건져 올릴 때마다
누군가의 거대한 손이 뒷덜미를 잡아챌 것 같아
횟집 사내는 소름이 돋는 목을 쓰다듬는다

뜰채가 지느러미를 스윽 스쳐 지나갈 때
날카로운 바늘 수천 개가 비늘마다 꽂힌다
살아 있어서 겪는 치욕과 고통은
몇 번이나 뜰채 속으로 등을 떠민다 그날이 멀지 않다

죽음의 입구에 머리를 처박았던 물고기의 눈빛과
수족관 밖 횟집 사내의 눈빛이 잠시 마주친다
마른 물고기처럼 숨을 가쁘게 몰아쉬는 횟집 사내,

물 밖으로 끌려 나간 커다란 물고기 같다

횟집 사내가 도마 위에 올려놓은 것은
푸드덕거리는 물고기 한 마리가 아니다
아직 살아 있다는 듯, 아직은 살아 있다는 듯
섬광이 번쩍하는 그 짧은 순간의
제 눈빛을 향하여
사내는 잘 벼린 회칼을 겨눈다

오래된 무채 같은 물기 없는 희망을 깔고 누운
방금 새로 태어난 먹음직스러운
죽음 한 마리,
접시 위에 수북하게 담겨 있다

아린 마늘 같은, 시

오! 누가 머리를 이렇게
쿵쿵 찧는 것일까
오장육부가 짓이겨지는 슬픔

오래 다져온 희망 같은 것을
이렇게 쿵쿵 빻고 있는 것일까
맑은 눈물 같은 고통의 즙액
독하고 매운 향기 번진다
오래 버리지 못한 꿈의 껍데기
폐가 같은 머리를 쿵쿵 빻아서
오! 누가 나를 이토록 잘게 빻아서
붉은 고춧가루를 뿌리고
식초와 설탕과 소금과 참기름을 뿌려
누가 내 절망을 버무리고 있는가
짜고 쓰고 시고 달고 매운 맛과
무쳐지고 버무려져서
누군가의 입으로 들어가는 나는

누군가의 위장보다는

영혼을 독하게 휘젓고 싶은 나는

아리디아린 마늘 같은,

한 입의

시

모래 인간의 도시

너는 모래로 만들어진 사람

모래시계는 흐르고

네 기억도 모래였고

네가 먹는 밥도 모래였고

입속에서 서걱이는 모래 밥

모래시계는 잘도 흐른다

네가 하는 말도 모래였다

너는 모래의 집에서 살고

너는 모래 이불 속에서 모래의 꿈을 꾼다

모래시계는 흐르고 흘러

모래로 된 책을 읽고

모래바람이 부는 거리로 나서면

우우 휩쓸려가는 모래들

모래시계가 뒤집힌다 모래의 정장을 차려입고

모래의 직장에 출근하는 사람들

모래의 주식이 뛰고 개미들은 모래의 주식을 산다

모래를 산만큼 파내어도 물은 보이지 않는다

목이 마르면 사람들 모래를 마시고

모래를 주머니 가득 채우고 돌아온다
모래로 일용할 모래를 구입한다
모래시계는 쉬지 않고 흐른다
결국은 모래가 되기 위하여

희망을 파묻으며

희망을 파묻어본 적이 있는가
희망으로 인하여
끝없이 무너지는 파도처럼
절망해본 적이 있는가
제 분수도 모르고
쑥쑥 자라나는 희망의 잎사귀
불끈불끈 솟아나는 희망의 가시
그 날카로운 가시에 찔려
피 흘리며 울어본 적이 있는가
부서진 난파선처럼 절망하다가
가슴을 쥐어뜯으며 울다가
희망을 파묻기로 이 악문 적이 있는가
희망의 잎사귀가 자라는 만큼
절망의 뿌리도 깊어지는 법
희망의 잎사귀 싹둑 자르고
절망의 뿌리까지 뽑아서
땅속 깊이 파묻기로 마음먹은 날
다시 절망이 튼튼히 뿌리내리고

희망이 우루루 피어나는 걸
본 적이 있는가

고통을 만나는 한 가지 방법에 관하여

멀리서 네가 다가오는 기척이 느껴졌다

너의 일그러진 얼굴과 핏발 선 눈동자가 두려워

나는 이불을 뒤집어쓰고 눈을 질끈 감았다

문은 안으로 잠겨 있었으나

너는 문틈으로 연기처럼 스며들어

이불을 들치고 내 옆에 드러누웠다

선인장처럼 가시가 잔뜩 돋은 너의 몸

너를 밀어낼 수가 없었다

너는 두 팔을 활짝 벌려 나를 안았다

네 몸에 돋은 가시들이 살갗에 파고들었다

익숙하고도 낯선 통증이 덮쳐왔다

너는 내 심장에 선인장을 심어두고

선인장을 죽이지 말라며 나를 떠나갔다

선인장 가시가 몸속을 돌아다니는 소리

가시들이 내 몸을 뚫고 나왔다

불현듯 네가 와서 나를 다시 안을 때

내가 더 힘껏 껴안으리라

너를 꽉 껴안으리라

내 속의 붉은 선인장 꽃을 꺼내
너에게 보여주리라

제2부

무명배우

무대의 불이 꺼지고 박수 소리는 사라졌다
마지막까지 남아서 분장을 지우고
분장실 거울을 바라보는 사람
제 가슴에 고인 우물을 오래 내려다보는 사람
누군가의 막막하고 캄캄한 가슴에
별로 떠오르길 바란 적이 있었다
별빛 하나가 누군가의 가슴에 닿기까지
수억 광년 전 우주 저편에서
성냥불처럼 탁 켜졌던 목숨 같은 순간이
단 한 번의 섬광 같은 순간이
있었다는 걸 그는 알고 있다
무대의 불이 꺼지고 캄캄한 제 가슴속에서
아픈 별 하나를 꺼내 오래 쓰다듬는 사람
어두운 분장실 문을 닫고
무대 뒤편으로 사라지는 한 사람
뜨거운 별 하나를 숨겨둔 사람

장작불

길다란 생각의 그림자를 태우며
아궁이 앞에 엎드려
오랫동안 불을 활활 지피고 있는 너
무슨 생각을 그리 활활 지피고 있는지
너를 보면 마음이 시리다
얼음장 위에 누운 것처럼

너는 네 슬픔을 굽고 있는 사람처럼
네 욕망을 굽고 있는 사람처럼 보인다
네가 이글이글 지피는 저 장작불은
부엌으로 새어 들어온 달빛마저 활활 태우고 있다
상처에서 새로운 상처가 살아 오르는 소리

네 속에도 입을 벌리고 있는
시커먼 아궁이가 하나 있어서
푸른 생솔가지 같은 상처
끊임없이 툭툭 분질러 넣던 너
산다는 것은 어쩌면

제 욕망의 그림자를 불에 넣어
태우는 것인지도 모른다

희망의 온돌방이 조금씩 데워지는데
너는 불 지피기를 멈추지 않는구나
언제까지 네 그림자를 태우고
욕망을 태워야 하는 것인가
장작불이 뜨거워
네 슬픔의 그림자도 흠칫 몸을 비틀고 있는데

강을 건너는 노인

노인은 리어카를 멈추고
물결이 넘실거리는 강을 내려다본다
리어카 위에는 헌책과 생활정보지와
신문지와 종이 박스 조각과 철근과 양은 냄비
빈 병과 플라스틱 통이 한통속이 되어
비좁은 단칸방의 식구들처럼 뒤엉켜 있다
접히고 구겨진 몸들은 군데군데 상처가 나 있고
녹슬고 더럽혀져 있으나 그들은 악취 속에서
오히려 평화롭게 흔들린다
서로의 몸에서 흘러나온 악취는
그들이 나누는 몇 마디의 안부 인사다
강은 쉽게 열리지 않는다
커다랗고 탄탄한 바퀴를 가진
거대한 악어 떼가 강을 질주한다
노인은 눈을 부릅뜨고 강에 뛰어든다
건너가야 할 생애처럼 건너온 한 생애처럼
강은 입을 크게 벌려 노인을 삼킨다
노인은 리어카 위에 강을 통째로 싣는다

강은 거대한 물고기처럼

일순 아가미와 입을 벌리고 지느러미를 딱 멈춘다

노인이 강을 끌고 한 생애를 건너간다

강을 건너가는 노인의 리어카 위에

붉게 달궈진 솥뚜껑 같은 저녁 해가 실려 있다

소

차가운 물살을 우우우 헤치며
소 한 마리 강에서 헤엄쳐 나온다
젖은 몸을 흔들어 물기를 털어내고
강 물결 바라보며 울음 우는 소의 뿔에
보름달이 환하게 걸려 있다

어둠은 소의 등에 걸터앉아 흔들리고
소의 젖은 몸에서 달빛 뚝뚝 떨어지는 소리
쌀밥 같은 개망초 한 무더기 후르르 떨며
소의 몸속으로 들어간다
우북하게 머리 풀고 서걱이던 억새풀
달빛에 몰래 익던 감홍시

쟁기와 보습에 속살 드러내던
잘 썩은 거름 내를 풍기던 흙냄새가 그리워
땅에 대고 푸푸 콧김을 내뿜던 소
식구들이 살던 옛집을 바라본다
이제는 모두 떠나버린 빈집 마당

잡풀들이 두런거리는 소리

불 꺼진 방마다 들여다보고 길게 울음 우는 소
김 오르던 된장찌개와 김치로 밥을 먹으며
텔레비전을 보며 웃던 식구들은 어디로 갔는가
전등 불빛에 몸 부딪쳐 탁탁 소리를 내던
풀벌레들은 어디로 갔는가

차마 빈집을 두고 갈 수 없어
빈 집 한 채 등에 짊어지고
달빛 출렁이는 강물 속으로 텀벙텀벙 들어가는
등이 휘어진 누렁소 한 마리

하얀 찔레꽃

산길 가다 보았다
누군가의 무덤 앞에서
꺽꺽 목 놓아 울고 있는 노파 하나
산새가 노파의 붉은 울음을 쪼아 먹는다

가슴속 무덤가에 하얗게 피어난 울음의 꽃
날카로운 가시에 찔리면서도
터져 나오는 울음을 무덤 속으로 밀어 넣는다
산다는 것은 제 가슴속 무덤에
울음을 꼭꼭 채워 넣는 일인지도 모른다
가슴속에 흥건하게 고인 저 그렁그렁한 물방울
마음 놓고 툭, 터뜨릴 날 단 한 번은 있을 것이다
저녁 해도 제 가슴속 고여 있는 붉은 눈물을
흥건하게 펼쳐놓고 있는데

무덤 속 울음이 흘러넘치지 않게
그렁그렁한 웃음을 터뜨리며
뒤돌아서서 눈물 꽃 몇 송이 툭툭 꺾어 흩뿌린다

거대한 물방울 하나가 툭 터진다
아찔한 향기의 흰 무덤이 갈라진다
가시 속에 꼭꼭 다져 넣었던
찔레꽃 아픈 향기 화약처럼 터진다

뿌리는 벼랑 끝에서도 멈추지 않는다

깨진 옥상 난간 틈새로
금 간 바위 틈새로
벽과 벽의 틈 사이로
시간이 쌓이고 슬픔이 쌓이면
희망과 절망이 켜켜이 쌓이면
풀씨 하나 날아와
싹을 틔우고 뿌리를 내린다

꿈의 뿌리를
불안한 희망의 틈새로 들이밀며
피를 흘리는 저 무모한 사랑
언젠가 뽑힐 것을 알면서도
허공의 생에
백척간두 같은 사랑에 목숨을 건다

너와 나 사이에 천길 벼랑이 있고
그 틈새로 흘러내리는
맑은 물 한 모금 빨아들이며

뿌리를 내리는 환한 목숨

뿌리는 벼랑 끝에서도 멈추지 않는다

날개 만들기

수선집 앞 비둘기 몇 마리 몰려와
과자 부스러기를 주워 먹고 있다
살찐 비둘기를 내려다보는 수선집 늙은 사내
그가 발을 딛고 싶은 곳은 딱딱한 아스팔트가 아니었다
푸른 하늘의 심장이었다 하늘의 심장에 발톱을 박고 싶었다

잘려나간 뭉툭한 손가락 세 개로도 능숙하게 재봉틀을 돌
린다
비좁은 수선집 한 귀퉁이엔 마시다 만 소주병과 김치 접시
불콰해진 얼굴로 뽕짝을 흥얼거리며
바짓단 솔기를 꿰매고 뜯겨나간 추억의 단추를 달아준다

치마를 줄이고 바짓단을 잘라내는 손에 깃털이 들려 있다
꼼꼼하게 날개를 이어 붙이는 늙은 사내
수선집 안에 날개 퍼덕이는 소리 가득하다
재봉틀을 돌리는 그의 손끝에서
하얀 날개 퍼덕이며 꿈결처럼 날아오르는 새들

날기 위해 벼랑에서 수없이 뛰어내렸지만

늘 추락하는 세월이었다 피 묻은 날개를 주워 들고

벼랑 위를 힘겹게 기어오르는 사내 하나

상처투성이로 걸어온 길들

돌아보면 세상은 곳곳이 벼랑이었다

떨어질지라도 제 몫의 날개 하나가 필요한 것이다

수선집에 들어서던 사람들

그의 손에 들린 날개를 보지 못한다

그는 수선한 옷 속에다 날개를 몰래 넣어 손님들에게 건

넨다

실 먼지 풀풀 날리는 수선집 안에서

튼튼한 날개를 만들기 위해 쉼 없이 재봉틀을 돌리는 사내

날아오르기 위해 한껏 몸을 웅크리고 있는

독수리 한 마리, 저 형형한 눈빛.

천마도

눈썹 고운 처녀 하나 우물가에 물 길러 나온다. 백마를 타고 우물가를 지나던 이마 푸른 청년이 우물 속을 들여다본다. 우물 속에 일렁이는 햇살, 처녀가 두레박 한가득 푸르고 차가운 전설을 길어 올린다. 햇살을 퍼 담아 올린다. 표주박에 햇살을 띄워 건넨다. 처녀의 떨리는 긴 속눈썹 그늘 아래 누워서 자고 싶은 한 시절,

싸리나무 울타리 안에 금줄이 매달려 있고 우렁찬 울음 울며 새벽을 깨우며 태어난 사내아이의 겨드랑이 밑에 조그만 날개가 달려 있다. 겨드랑이 밑에 날개를 감추고 자라는 아이, 아이는 겨드랑이 아래가 간지럽다. 밤마다 몰래 숲속으로 들어가 옷을 벗는다. 종이처럼 접혀 있던 날개를 펼친다. 자작나무 숲이 우우 놀라며 물러선다. 달빛을 받아 하얗게 빛나는 날개,

히힝 어디선가 말 울음소리 들리고 숲이 환해진다. 어둠 속에 엎드리고 있던 짐승들이 후다닥 달아난다. 날개 달린 새하얀 말 한 마리 하늘에서 내려와 아이의 앞에 엎드린

다. 오랫동안 너를 태우고 날아오를 날만 기다렸구나. 날개를 하늘에다 쾅쾅 못 박아두고 눈물만 흘린 세월이었구나. 아이는 말 위에 훌쩍 올라탄다. 말과 한 몸이 되어 하늘을 날아오르는 아이, 천지를 덮는 저 커다란 날개, 제 몸을 둥둥 두드리며 날아가는 힘찬 날갯짓, 어두운 하늘을 뚫고 날아가는 저 황금빛 화살 하나.

바위

　사람들이 오고 가는 길 한 모퉁이에 박혀 있는, 걸리적댄다고 신발로 툭툭 차고 가는, 울퉁불퉁 못생긴 내 몸에 언제부터인가 당신이 눈길을 주었다 당신이 내 마음을 정으로 쩡쩡 쪼았다 팔뚝에 돌가루가 튀고 눈에도 돌이 박히고 이마가 찢어져 피를 흘리는 당신, 헛일이라고 헛일이라고 당신의 팔을 잡았으나 당신은 끊임없이 내 마음을 쩡쩡 쪼아나갔다 아무리 쪼아도 새파란 풀잎이 자라는 소리, 달빛 바람에 쓸리는 소리, 새소리 물소리, 바람이 흔들고 가는 맑은 풍경 소리 들리지 않는다

　더듬더듬 흘러나오는 쉰 목소리, 흐느끼는 울음소리, 비명 소리, 쾅 문을 닫는 소리, 곡조가 틀리는 노래만 흘러나오는, 내 몸속에서 들리는 소리들을 끄고 싶다 내 깜깜한 소리로는 당신이 원하는 모양을 만들 수가 없어, 환한 소리들이 금맥처럼 박혀 있는 바위를 찾아봐, 당신은 여전히 내 마음을 쩡쩡 쪼아나간다 내 몸속에 고인 검은 소리를 한 층씩 고이고 소리의 귀를 다듬는 당신, 소리의 귓속에 햇빛이 투명하게 쌓이는 소리, 당신이 마지막으로 정수리를 땅 두드

리자 시간의 무거운 비늘을 털고 성큼 걸어 나오는 환하게
빛나는 목숨의 삼 층 석탑

연밭에서

파란만장한 한 생애가 흔들리고 있다
작은 슬픔을 큰 슬픔이 덮고 있다
괜찮다고 괜찮다고
작은 고통을 큰 고통이 어루만지고 있다
수천수만 장의 저 시퍼런 연잎들
짙푸른 슬픔을 덮는 더 짙푸른 슬픔
슬픔도 고통도 파란만장 흘러가고 있다
시퍼런 슬픔들이 흘러넘쳐
저 푸른 연잎이 되어 일렁일 때
슬픔도 연잎처럼
파란만장 파란만장 흘러갈 때
가슴은 수천의 연뿌리를 키우는
검은 진흙밭
파란만장한 한 생애가
시간의 물결 위에 실려 간다
울음의 강물 위에 실려 간다

등이 터진 저 인형

등이 터진 인형을 만지작거리며
네 살 먹은 여자아이가 좌판에 앉아 있다
나물 파는 노파의 옆에 바싹 붙어 앉아 있는 아이
시든 시금치 쑥갓 상추 대파 마늘종 몇 묶음
보도블록 위의 새파란 채소밭 위에 장미꽃처럼
새빨갛고 조그마한 구두 한 켤레, 엄마가
사준 구두야 예쁘지? 등이 터진 인형 속에
손가락을 집어넣어 솜을 파낸다 내 등골 그만 파내!
뭐가 되려고 이러니! 내가 너 땜에 못 살겠다
검은 비닐봉지를 든 젊은 엄마들이 아이의
말간 유리컵 같은 눈에 그득하게 담긴다
아이는 유리컵을 얼른 비운다 시금치는 얼마예요
파 한 단은 얼마예요 엄마는 대체 얼마예요 검은
비닐봉지 속에 엄마들이 담겨서 흔들리고 아이는
등이 터진 인형 속에 손가락을 집어넣어
솜을 파낸다 내 등골 좀 그만 파내! 아이가
유리컵 같은 말간 눈으로 인형과 눈을 맞춘다
등이 터진 인형이 히죽 웃는다

꿈의 알리바이

붉은 사과를 둥글게 둥글게 깎았는데요
눈물의 껍질을 둥글게 둥글게 깎았는데요
내 피둥피둥한 욕망을 깎고 있었는데요
하얀 피가 배어 나왔어요
하얗고 투명한 피가 칼에 묻었지만
자꾸자꾸 생각을 슬픔을 눈물을 깎았는데요
하얗게 드러나는 생의 속살을 아삭 베어 물었는데요
내가 나를 깨물었는데요
꿈을 꽉 깨물었는데요
사과의 하얀 속살에 묻은 붉은 피
내가 나에게 수천 번 저질렀던

죄의 흔적처럼!

화분 속의 여자

화분 속의 여자는 발이 아프다
생각의 푸른 잎사귀가 마르는 저 여자
붕대에 친친 감긴 전족 당한 꿈이다
창밖에 바람의 머리카락 일렁이는 날이면
화분을 번쩍 들어 내동댕이치고 싶다
허공으로 걸어 나가고 싶다
썩어가는 발톱 발가락에 흐르는 진물
바람에 드러내놓고 숨을 쉬게 하고 싶다
바람이 겨드랑이에 손을 넣어 간질일 때
숨이 넘어갈 듯 깔깔 웃어젖히고 싶다
무거운 생을 떠받치듯
두 팔을 벌려 벌을 서는 여자
오랜 그리움에 못 박혀 있는 여자
잎은 누렇게 말라가고 꽃은 피지 않는다
옆구리에 손을 넣어 아프게 꺼내는 꽃 한 송이
피우지 못한 마지막 꽃 한 송이
돌덩이처럼 무겁게 떨어뜨리는 여자
화분 속의 여자
캄캄한 허공의 길 위에 흰 발을 담근다

물속의 집

연못 속을 가만히 들여다보면
물속을 걸어가는 사람 하나 보인다
물속으로 걸어 들어가
물속에 집을 짓는 사람
푸른 물기둥을 세우고
물속에 녹아 있는 햇빛을 걸러내어
물속의 방에 등을 다는 사람
물속에 환한 그리움을 켜들고
물 밖의 세상으로
아주 잠깐씩 외출을 나와
제 그림자를 가만히 지우고
새소리를 주워 들고
물속으로 들어가는 사람
방 안 가득 만수된 그리움을
물 바깥으로 퍼내고
사람들의 눈물 속으로
아주 가끔 숨어드는 물속의 사람
눈물방울 속의 사람

공무도하가

님아
건너가라
저 강을

생각들아
해골이 되어라
아름다운 해골이 되어라
앙상한 뼈가 되어
모든 욕망의 살덩이들
훨훨 털어내 버리고
황토 흙더미 위에 앉아
흘러가는 저 강 물결 바라보거라
천년만년 쌓이는 시간들
그 어둠 속에서
빛나게 부활하는 목숨의 환한 뼈
황금빛 새로 날아가거라
영혼을 펄럭이며 날아가거라

제3부

거짓말 통조림 주식회사

　조용하고 어두운 그 도시에 거대한 공장이 하나 들어서자 시민들은 앞다투어 공장에 취직했다 그 공장의 비밀을 외부로 발설하는 자는 어김없이 다른 도시로 추방되어야 했다 그 공장에서 생산되는 것은 통조림이었다 사람들은 통조림의 내용물이 궁금했지만 입을 함부로 놀려서는 안 된다는 것을 알고 있었다 통조림 속의 액체는 더없이 향기로웠다 통조림 속의 투명한 액체를 마시면 아픈 데가 없어지고 기억력도 좋아진다는 소문이 들리고 여자들의 얼굴은 나날이 아름다워졌다 조용한 도시는 노란 꽃밭처럼 환해졌다 작업복을 입은 사람들이 생산한 통조림 덕분에 조용한 도시는 엄청난 발전을 거듭했다 거리에는 원색의 스포츠카가 굴러다니고 다른 도시에서 통조림을 사러 바이어들이 밀려오고 숙박업과 유흥업이 번성하고 통조림의 제조 과정과 효능에 관한 박물관은 도시의 자랑거리가 되었다 통조림 회사 덕분에 부동산 가격이 폭등해 시민들은 부자가 될 꿈에 부풀었다 풍선처럼

　맛있던 통조림이 문득 지겨워진 호기심이 많은 아이는 밤

을 기다렸다 공장의 담을 넘어 살금살금 건물로 들어선 아이는 길게 연결된 짐승의 창자 같은 호스를 따라갔다 커다란 연못 같은 수조 속의 검은 물속에서 악취가 밀려들고 하수구 냄새가 울컥 올라왔다 시커멓고 악취가 나는 물속에서 목소리가 들려왔다 우리는 유통기한이 지난 이 시대의 희망과 꿈이야 인간들이 폐기처분해버린 썩은 꿈들이야 너희의 미래야 유통기한이 지난 우리들은 만 년이 지나도 썩지 않기 위해 통조림이 되지 만 년 후의 아이들이 만 년 전에 폐기된 우리들을 달콤하게 마실 것이다 유통기한은 폐기될 것이다 방부 처리된 영혼들이 거리에 가득할 것이다 악취가 나는 석유처럼 검은 물들은 커다란 통을 통과하자 투명한 액체로 바뀌었다 투명한 액체는 컨베이어 위에서 기다리는 통조림 안으로 들어가 밀봉되었다 몸이 통조림 속으로 빨려드는 느낌이 들어 아이는 그 자리에 휘청 쓰러졌다 커다란 손 하나가 아이를 질질 끌고 사라졌다

소파에 누운 남자 하나 통조림을 마시며 텔레비전 화면을 들여다본다

통조림 주식회사의 로고송과 깃발이 텔레비전 화면을 가득 메운다

아이가 사라진 줄도 모르는 남자

아이가 자라면 통조림 주식회사의 성실한 사원이 되어주었으면 좋겠다고 생각한다

그런데 이 아이는 어디로 갔을까?

오케이 포장이사

이사하기가 취미인 여자가 있었네
윗집 여자는 밤이면 러닝머신 위에서 쿵쾅거렸고
피아노 소리, 아이들 쿵쾅거리는 소리, 참을 수 없었네
위층에 올라가서 큰소리로 싸웠지만 소리는 멈추지 않
았네
여자는 남편을 구슬려 오케이 포장이사를 불렀네
오케이 포장이사는 이사의 프로답게
불안한 행복까지도 포장해서 차곡차곡 담아주었네
남편도 소파 위에 그대로 앉혀주었고
아이도 컴퓨터 앞에 앉혀놓았네
냄비 뚜껑도 제자리였고 냉장고 속 반찬 그릇도 재떨이도
제자리였네
쓰레기통도 날개 달린 생리대도 제자리였네
고객을 목숨처럼 생각하는 오케이 포장이사 직원들은
조연배우들처럼 여자의 집에서 물러났네
오케이 포장이사가 신속 정확하게 배달해준
행복이 가득한 집에서 오래오래 살아야지 마음먹었네
가난한 아파트 아이들과 친구가 된 아이는 욕을 배워 오고

불량한 아이들을 집에 잔뜩 데려왔네
행복이 가득한 집의 행복이 달아날까 봐
여자는 오케이 포장이사를 또 불렀네
오케이 포장이삿짐센터는 친절하고 만사 오케이였네
여자의 과거를 옮기고 미래를 옮기고 생을 옮겨다 주었네
행복이 가득한 집을 신속 정확하게 옮겨다 주었네
저승까지도 포장이사 해줄 듯이,

그 도시에는 악어들이 살고 있다

그 도시에는 악어들이 살고 있다
타이어처럼 질긴 등껍질을 가진 악어들은
식구들이 잠든 한밤중에도 초인종을 누른다
불안한 잠 속으로 느릿느릿 기어들어와
야윈 꿈의 팔다리를 사정없이 물어뜯는다
세렝게티에 어김없이 건기가 닥쳐오고
초식동물들이 새까맣게 강가에 모여든다
신용불량자들은 악어를 피해 달아났으나
악어들은 용의주도하게 골목을 지키고 있다
급류에 떠내려 오는 시체라도 상관하지 않는다
집을 경매 처분하겠다고 생매장해 버리겠다고
납치 감금 폭행을 서슴지 않는다
가느다란 희망의 다리뼈마저 우지끈 부러뜨린다
빚더미에 내몰린 일가족이
가스를 틀어놓고 성냥불을 그을 때
악어들은 또 다른 먹잇감을 찾아 두리번거린다
푸르고 부드러운 옷감 같은 강물 속에는
고무타이어같이 질긴 등껍질을 가진

악어들이 입을 쩍 벌리고 엎드려 있다
오래 풀을 뜯지 못한 초식동물들
겁먹은 눈으로 강물 앞에 새까맣게 모여 있다
목숨을 걸고 첨벙 강물 속으로 몸을 던져
부러진 희망의 다리뼈로 헤엄치는 불안한 몸짓
급류에 떠밀려 악어의 입속으로 들어가는
초식동물의 마지막 눈빛이 일러준다 물어 뜯겨도
온몸이 찢겨나가도 건너가라 말한다
그 도시에는 악어들이 살고 있다
타이어처럼 질긴 등껍질을 가진 악어들이

스마트폰에서 푸른 물이 밤새

스마트폰에서 푸른 물이 밤새
새어 나와 집 안에 고인다
스마트폰에서 새어 나온 푸른 물속에
이불이 잠기고 침대가 잠기고 사람이 잠긴다
식탁과 냉장고와 싱크대와 옷장이 잠긴다
이불이 책이 그릇이 컵이 화분이 둥둥 떠다닌다
푸른 물속에 잠긴 줄도 모른 채
사람들은 물고기처럼
꿈속인 양 물속을 몽롱하게 헤엄친다
물속에는 온갖 쓰레기들이 떠다닌다 때로는
사람도 쓰레기로 변해서 떠다니는 푸른 물속을
무중력 공간처럼 우주인들이 유영한다
더러 우주 쓰레기에 맞아
고장 나는 인공위성 신세가 되기도 한다
스마트폰에서 새어 나온 물이
밤새 집 안을 삼키고 아파트 전체를 삼킨다
밤새 푸른 물속을 허우적거리던 사람들
바위에 눌린 표정으로 무거운 몸을 입고

아침이면 집 밖으로 나선다

적나라하게 모든 것이 드러나는 햇볕 속에서

물 밖에 나온 물고기처럼 숨이 가쁜 사람들

스마트폰의 푸른 물결 속으로 서둘러 뛰어든다

거리에도 지하철에도 버스 안에도

우주 쓰레기가 떠다니는 푸른 물결 넘실댄다

푸른 페인트처럼 진득한 물속에서 헤엄치는 사람들

수족관 속의 금붕어 같다

도시의 비둘기

덥수룩하고 더럽고 냄새나는
비둘기들
식판을 들고 줄을 서 있다

식판 위에 고개를 처박고
비둘기들
다친 부리로 모이를 쪼기 바쁘다
무료 급식의 나날들
가락국수 같은 날들이 툭툭 끊긴다

비둘기들 사이로 바쁘게 오가는 사람들
발에 툭툭 차이는 비둘기들에 경악한다
언제부터인가 비둘기는 사람을 겁내지 않았고
사람들이 비둘기를 피해 다녔다

도시의 콘크리트 바닥이 집이 된
살찐 비둘기들
한때 창공을 박차고 날았던

날개의 한 시절을 기억하지 못한다

도시의 비둘기는 날개가 없다

추락에 대하여

마지막이었다
15층 아래로 그가 추락하자
검붉은 피가 아교처럼 바닥에 들러붙었다
몸에서 흘러나온 끈적끈적한 치욕은
쉽게 지워지지 않았다
질긴 악몽처럼 들러붙어 있었다
삼십 년간 다닌 직장에서 명퇴당하고 차린
밥집의 매출은 날마다 추락했다
일 년이 못 가 문을 닫았다
밥줄이 끊기고 집이 사라지자
가족들은 푹 삶은 생선살처럼 쉽게 해체되었다
일가족 동반 자살이란 추락은 피했다고
다행이라고 그는 클클 웃었다
온갖 치욕을 뒤집어쓰고 시궁창을 들락거렸다
맨홀 속으로 쥐꼬리 같은 햇살이 스며들었다
손을 내밀어도 밥줄은 끝내 잡히지 않았다
밑도 끝도 없는 추락이었다
두려움은 긴 꼬리처럼 몸에서 떨어지지 않았다

헤드라이트를 켜고 골목길로 진입하는 한밤의 택시
시궁쥐 한 마리 납작하게 깔린다
긴 꼬리가 떨어져 나간다
아교처럼 들러붙는 치욕의 껍질을 꾹 밟고 지나가는
잘 닦여진 구두 한 켤레 아래
아침 밝은 햇살 아래 환하게 드러나는
검붉은 얼룩, 밥줄이 끊어진 자국이다
밑바닥에 틈도 없이 들러붙었으니 이제
더 이상의 추락은 없을 것이다

처용, 주민등록증을 잃어버리다

서블 발기 다래 밤드리 노니다가…… 술을 마시고 싶다며 노래방을 나온 처용이 비틀거린다. 주황색 포장마차 천막을 들치고 들어가는 처용. 넥타이를 벗어 던지는 처용. 와이셔츠 단추를 푸는 처용. 서류봉투를 구겨버리는 처용. 꼼장어로 술을 마시던 남자, 처용에게 소주잔을 권한다.

형씨, 엿 같은 세상 우리 마셔버리자구요. 백열등처럼 흔들리는 처용, 술잔을 받는다. 소주잔에 동해 바다가 잠시 출렁거린다. 천수백 년 전의 서라벌이나 지금이나 별로 달라진 것이 없어요. 여자들은 아무 남자나 끌어안고 남자들은 드러자 자리보곤 가라리 네히어라…… 달빛 아래 너울너울 춤을 추지요. 처용이 중얼거린다.

술잔을 권하던 남자의 눈빛이 번쩍인다. 천막을 들치고 나와 구토를 하는 처용. 등을 두드려주는 술 권하던 남자, 길바닥에 쓰러진 처용의 호주머니를 뒤진다. 잽싸게 지갑을 훔쳐 승냥이처럼 달아난다. 현금과 신용카드를 꺼내고 처용의 주민등록증을 쓰레기통에 넣는다. 둘흔 내해엇고

둘흔 뉘해언고…… 처용의 얼굴이 쓰레기통 속에서 일그러
진다.

 어둠은 검은 망토를 걸치고 전신주에 걸터앉아 있다. 어
둠의 눈동자가 번쩍인다. 길가에 쓰러져 잠이 든 처용. 달빛
아래 너울너울 날개를 퍼덕여 춤을 추던 남자, 커다란 날개
로 서라벌을 덮던 그를 기억하는 별빛, 역 앞 포장마차 근처
에 버려진 외투처럼 잠이 든 처용, 그의 야윈 등. 본대 내해
다마난 아자날 엇디하릿고…… 처용의 고단한 잠을 덮는,
안개비처럼 내리는 천 년 전의 달빛,

개미 언덕*

일개미는 힘이 세다
흰개미 도시에 흰개미 시민들이 산다
흰개미 탑 속의 가장 안전한 왕궁에 사는
여왕 흰개미는 하루에 2천 개의 알을 낳는다
일개미는 힘이 세고 세금이 흰개미 탑만큼 무거워도
일개미들은 반란 따위 생각지도 않는다
제 몸보다 몇 배나 무거운 것을 번쩍 들어 올린다
일개미는 힘이 세고
여왕 흰개미는 안전한 왕궁에서
흰개미 도시의 미래를 위해 알을 낳는다
흰개미 도시의 번영을 위하여
여왕 흰개미는 엄숙하고 위엄 있는 얼굴로 알을 낳는다
그 알들은 누가 키울까 일개미들은 힘이 세고
먹이를 구하러 나선다 더러 돌에 깔려 죽고
바퀴에 치여 죽고 구둣발 아래 밟힌다
살아남은 일개미들은 염소 같은 큰 짐승을
산 채로 갉아 먹는다 일개미들은 힘이 세고
뱃속의 먹이를 남김없이 뱉어낸다

염소 한 마리까지 고스란히 뱉어내어
알과 유충을 먹인다 일개미는 힘이 세고

튼튼한 흰개미 탑 아래
바들바들 떨리는 여섯 개의 가는 다리
흰개미 도시는 내일도 여전히 안녕하다

* 개미언덕 : 사바나 지역의 흰개미는 높이가 2~3미터인 집을 짓지만
  아프리카나 오스트레일리아에 사는 흰개미는 지상에 9미터가 넘는
  거대한 집을 짓기도 한다.

사막의 여인에게

생사불명의 모래폭풍이 불고
열에 들뜬 아이의 이마를 짚으며
불안한 잠을 청하는 그대
뱃속의 내 아가 잘 자라
임신 팔 개월의 부른 배를 안고
천막 아래 몸을 누인 그대

남편은 총을 들고 나간 지 오래
모래폭풍은 쉬 잠들지 않네
아이들은 전쟁터에서도 태어나고
낙타의 등에 실어 보냈던 기도 소리
따뜻하게 우유를 데우고 빵을 구워
식구들의 주린 마음을 배불리 먹이고 싶었네
유리잔은 깨어지고 식탁은 부서졌네

뱃속의 아기는 배를 힘껏 차고
차도르 속의 검은 눈동자
그대의 눈가에 흐르는 한 줄기 눈물

사막 위에도 별은 떠오르고
별빛을 눈에 담은 뱃속의 아기가
고물고물 움직이는 소리
손바닥에 잡히는 아기의 숨결
검은 차도르를 뒤집어쓴 사막의 밤
그대 낮은 울음소리,

위험한 시인의 섬

어느 나라에 위험한 시를 쓰는 시인이 있었네 치료 불가능한 치명적인 바이러스를 보유한 시인의 언어는 위험하였네 선량한 국민들에게 전염을 시킬까 두려워한 안전한 시인들은 회의를 하였네 위험한 시인을 격리시키자는 의견이 지배적이었네 지배적인 시인들은 위험한 시인을 무인도에 격리시켰네

시인은 외로웠으나 별들이 친구가 되어주었네 하늘의 속눈썹 같은 별들이 눈을 깜박이며 시인의 노래를 들어주었네 어둔 밤 홀로 잠 깨어 노래를 만드는 시인의 귓가에 파도 소리가 눈처럼 쌓이고 녹고 하였네 시인의 노래는 별이 되고 푸른 파도가 되어 세상의 하구로 흘러갔네 무인도의 갯바위들이 시인이 만든 노래를 불렀네

위험한 시인의 섬에 안전벨트를 맨 안전한 시인들이 동태를 파악하러 왔네 시인은 보이지 않고 꽃들이 가는 허리를 바람에 내맡기고 있었네 안전한 시인들은 위험한 시인이 외로움을 이기지 못하여 바닷물에 풍덩 몸을 던졌다고 지배적

인 시인들에게 보고하였네 지배적인 시인들은 자신들의 현명한 판단에 대해 축배를 들었네

그 나라에는 순수한 시인들이 날마다 태어났네 안전하게 시험에 통과한 시인들이 아주 많았네 지배적인 시인들을 꿈꾸는 안전한 시인들이 많았네 치명적인 바이러스에 감염되지 않은 순수하고 안전한 시인들이

당신의 특별하고 위대한 사랑 뒤에서

당신의 특별하고 위대한 사랑 뒤에서
아이 하나가 맞고 있다
당신은 그 아이의 아버지였던 적이 있었고
아이를 때리는 여자의 남편이었던 적이 있었으므로
어린이날이면 아이의 손을 잡고 놀이공원에 갔다
로봇을 손에 들려주었을 때 흰 구름 같은 솜사탕을
입에 물고 별처럼 웃던 아이

당신이 어느 날 문득 운명의 여인을 만나
현관문을 쾅 소리 나게 닫고 나온 날부터
그 집의 문은 좀체 열리지 않았다
당신이 특별하고 위대한 사랑에 취해 있을 때
아이의 여린 풀잎 같은 어깨에 날카로운
연필심이 수없이 박히고 머리카락은 뜯겨나갔다
비명은 문밖으로 새어나가지 않고
바쁜 아파트의 주민들은 그 집에서
무슨 일이 벌어지는지 관심이 없었다
없었으므로 아이의 비명은 시든 꽃처럼 말라버렸다

구겨져 쓰레기통에 처박혔다

생크림 케이크와 붉은 포도주를 차려놓은
당신의 환한 식탁 뒤에서 아이의 비명이 들린다
비명 소리 위에 잘 반죽된 시멘트가 부어지고
딱딱하게 굳는다 튼튼하게 포장된
당신의 특별하고 위대한 사랑 뒤에서
벽 속에서 딱딱하게 굳어가고 있는 아이의 비명 소리

영문도 모른 채, 영문도 모른 채

영문도 모른 채, 영문도 모른 채 불타는 손가락이 불타는 얼굴을 감싸 쥐네, 엄마 다녀올게요, 기억의 머리카락에 불이 활활 타오르네, 선물을 산다며 밝은 목소리로 현관문을 나섰네, 수천 개의 전기 접시, 인육의 불이 넘실거리네, 중앙로 분식집에서 하루 종일 김밥을 말아도, 전동차는 멈추지 않네, 문은 열리지 않네, 살려줘! 문은 밖으로 잠겨 있네, 병든 남편 수발해온 그녀, 여보 다녀올게, 상 봐놨으니 점심 챙겨 먹어요, 누워 있는 남편의 손을 잡아주고 현관문을 닫았네, 문은 열리지 않네, 폐 속으로 심장 속으로 기억 속으로 시커먼 독가스가 들어차기 시작했네,

아, 누가 나의 말을, 심장 속에서 꺼내지 못한 한마디 말을, 사랑한다는 마지막 말 한마디를 활활 태우고 있어, 저 불의 붉은 혓바닥, 찢기며 울며 짐승처럼 울부짖었네, 이 도살장에서 제발 꺼내어줘, 수천 개의 바늘이 심장에 꽂혔네, 사무치는 원한의 뼈, 이 불가마 속에서 내 젊은 이름을 태우지 말아줘, 엄마, 아빠, 여보! 나를 살려줘! 문은 열리지 않네, 거대한 무덤 속으로 영문도 모른 채, 영문도 모른 채 밀

려 들어간 사람들, 문은 열리지 않았네, 불타는 무덤,

  너는 죽고
  나는 살아
  물에 말아
  밥을 꾸역꾸역 밀어 넣는다
  목구멍에 걸리는 커다란 바위

  대구시 중앙로역에 비 내리네, 오늘도 우리는 지뢰밭을
건너가네, 하얀 국화꽃들이 비에 젖네, 누군가의 눈물에 젖
고 있는 슬픔 한 장 땅에 떨어져 있네, 살기 위하여 깃털처
럼 가벼워져야 한다고, 오늘도 무사히 지뢰밭을 건너왔다
고, 영문도 모른 채 너는 죽고 나는 살아,

꿈꾸는 물고기

모래바람이 휘몰아쳐
세상의 모든 길들을 지우고 있다
아득하게 물의 말소리 들린다
바싹 마른 허공을 헤엄치던 물고기 한 마리
이곳이 바다였음을 알아본다

수레바퀴가 굴러가고 운하가 만들어지고
나무들을 식목하듯 빌딩들이 세워졌다
순결하게 엎드려 있던 땅의 늑골 속을
지하철이 함부로 헤집고 다니고 지하에 도시가
건설되었다 바다라도 상관하지 않았다
사람들은 시간을 마음대로 구부릴 줄 알았다
시간을 애완동물처럼 사육할 줄 알았다
공장에서 마네킹을 찍어내듯
복제한 팔과 다리 복제한 심장으로
복제한 입 복제한 눈동자를 가진 사람들에게
아주 우아한 몸짓으로 말을 걸 줄 알았다

어느 날부터 백 일 동안 하늘이 뚫린 듯 비가 내려

컴퓨터와 핸드폰과 냉장고와 자동차와 빌딩 들을 쓸어갔다
어느 날부터 백 일 동안 불길이 치솟아
강과 바다와 호수와 웅덩이를 바싹 태워버렸다

상처 위에 굵은 소금처럼 뿌려지는 뜨거운 햇빛
메마른 모래바람이 몰아치고
바늘처럼 찌르는 열사의 태양 아래서
살아남은 물고기 한 마리 꿈을 꾼다
여기가 바다였음을 안다
메마른 모래 밑으로 혈관처럼 조용하게 흘러가는 물소리
숲의 바람 소리 달빛이 은은하게 스민 물소리
아무도 건드리지 못한 시간을 데리고
물이 가만가만 숨죽이고 흐르는 소리
푸른 지느러미를 움직이는 시간
물의 심장 소리에 귀를 기울이고 있는
꿈꾸는 저 물고기 한 마리.

유쾌한 마녀를 위하여

킥킥, 그래요 나, 나쁜 여자예요 나쁜 여자가 얼마나 유쾌한 줄 이제야 알았어요 첨엔 참 착한 아이였어요 네 하는 법밖엔 몰랐다니까요 착한 여자아이가 다 그러하듯 한 남자를 만나서 착한 신부가 되어 숲속의 집으로 들어갔어요 이 남자 맘대로 떠돌아다녔지만 나는 밥하고 빨래하고 집 안을 윤나게 닦고 적당한 온도로 데워지는 생활의 온도를 알아가는 중이었죠 오븐 속에서 노릿노릿하게 구워진 생활을 꺼내 빛나는 접시에 담아내곤 했죠

남편이 활을 들고 사냥을 하며 요정들과 히히덕거리며 노는 소리 들려왔어요 남편이 거울을 주며 말했죠 이 거울의 색이 변하기 전에는 거울에게 묻지 말라고 했죠 거울의 색이 변하길 기다리는 것이 문득 지겨워졌어요 거울에게 물었어요 거울아, 거울아 착하다는 게 뭐니? 착하다는 것은 눈 뜬장님이라는 거죠

오오, 나에게 날 수 있는 힘이 있다는 것을 왜 아무도 가르쳐주지 않았을까요 창문을 활짝 열고 빗자루를 타고 날아

올랐어요 왜 나는 눈을 뜨려고 하지 않았을까요 나를 향해
날아오르는 시간의 그물을 칼로 확 찢어버리고 나는 빗자루
를 타고 독수리들과 비둘기들을 거느리고 높이높이 날아올
랐어요 남편이 쏘아 올린 화살은 햇살에 툭툭 부러졌고요
내가 널어둔 새하얀 빨래들이 나풀거리고 집은 성냥갑만 하
고 사람들은 레고로 만든 작은 인형처럼 보였지요 우오오,
우오오, 소리치며 나는 맘껏 날아다녀요 그래요, 나는 나쁜
여자예요 나는 유쾌한 마녀, 킥킥,

당신이 나를 무엇이라 불러도

당신이 나를 갑이라 부르든
당신이 나를 꽃이라 부르든
당신이 나를 태양이라 부르든
당신이 나를 돌이라 부르든
당신이 나를 벌레라 부르든
당신이 나를 개라 부르든
당신이 나를 엄마라 부르든
당신이 나를 딸이라 부르든
당신이 나를 아내라 부르든
당신이 나를 밥이라 부르든
당신이 나를 을이라 부르든

나는 꽃이 되지 않는다
나는 태양이 되지 않는다
나는 돌이 되지 않는다
나는 벌레가 되지 않는다
나는 개가 되지 않는다
나는 엄마가 되지 않는다

나는 딸이 되지 않는다
나는 아내가 되지 않는다
나는 밥이 되지 않는다

나는 갑도 을도 아니다

나는 그냥 나이고 싶다
아무것도 아닌 내가 되려 한다

저 질기디질긴 잡초 한 포기처럼!
네 모진 발길에 밟혀도
다시 살아나는 저 눈부신 목숨처럼!

냉장고 속의 통닭 한 마리

칸칸마다 들어찬 그득한 공복

이것이 누구의 알몸이더냐 통닭 한 마리 가부좌 틀고 죽어서도 알을 낳을 자세를 하고 있다 죽어서도 생에 대한 왕성한 식욕을 포기할 수 없었다 세계의 식탁 아래 떨어진 고기 한 조각 빵 한 조각 치욕 한 줌도 남김없이 주워 삼켰다 일렬횡대로 주욱 늘어서서 꿈에서도 알을 낳고 또 낳았다 성장 촉진제가 혈관 속을 돌아다니고 몸은 부풀어 오른다 욕망이 세포분열을 하는 소리 몸속에서 거대한 괴물이 심장을 뚫고 나올 것이다 풍선처럼 터질 것이다 가끔씩 급하게 삼킨 치욕이 몸속에서 그륵대었다 방부제와 항생제가 가득 든 희망을 콕콕 찍어 먹으면서도 지옥에까지 따라올 줄 몰랐다 그득그득 담겨 있는 욕망의 반찬 그릇 채워도 채워도 배가 고픈 뱃속에서 바다의 푸른 지느러미가 급속 냉동되고 푸른 채소들 과일들 아아 숨 막혀 소리 지른다 무간지옥 칸칸마다 욕망의 불을 켜고 부화되지 못하고 썩어가는 저 꿈의 무정란

제4부

어느 날 문득 수족관 속 물고기들이

어느 날 문득 수족관 속 물고기들이 수족관 유리를 가볍게 통과해 비늘에 상처 하나 안 입고 통과해 지느러미 흔들며 집 안을 헤엄쳐 다닌다 문득 그런 순간이 있는 것이다 수족관을 빠져나온 물고기들이 텔레비전을 들여다보며 지느러미를 흔들며 아가미를 움직일 때가 입을 벙긋거리며 말을 걸어올 때가 있다

물고기들은 부엌으로 헤엄쳐 들어가 접시에 말들을 알처럼 수북하게 낳는다 물고기들이 낳은 말들이 부화하고 집 안의 접시들과 전화기와 숟가락들이 달그락대며 교신을 하는 소리 창문 틈으로 들어온 햇빛이 숟가락과 밥그릇과 텔레비전에게 은빛 지느러미를 달아줄 때 어느 날 문득 내 속에 살고 있던 인어 한 마리 푸른 지느러미를 반짝이며 손 흔들며 아파트 창문을 빠져나간다 푸른 바다의 기억 속으로 헤엄쳐 들어가고 있는, 내 몸속에 살고 있던 저 태초의 푸른 인어 한 마리

새의 식사

식구들의 일용할 양식을
장바구니에 가득 채워 끌고 오다
길바닥에서 식사를 하는 그를 만났다
차가운 아스팔트 위에 맨발을 딛고
모이를 찾고 있는 그를 보았다
중력을 뿌리치고 높이높이 솟구쳐 오르던 그가
날개를 양팔처럼 몸에 붙이고
공손하게 절을 하듯 모이를 찾고 있었다
자랑하던 긴 꽁지도 뒤로 감추고
머리를 조아리고 식사를 하는 그가
내 눈길을 오래 붙잡았다
햇살 한 줌과 풀 향기 한 줌을 부리로 쪼으며
기도하듯 절을 하듯 머리를 깊이 조아렸다
반짝이는 햇살과 투명한 바람을 쪼아 먹는
조금만 먹는 그의 식사법 앞에서
불룩한 장바구니 속이 들여다보였다
배 속에 가득 찬 일용할 양식들
살찐 희망과 살찐 행복과 살찐 욕망들이

입을 벌리고 아우성을 치고 있었다
나는 물 한 모금 밥알 한 톨 김치 한 조각에도
머리를 조아리며 밥을 먹었던 적이 있었던가
낮게 낮게 머리를 숙이며
하루치의 생을 기도하며 먹었던 적이 있었던가
아무런 흔적도 없는 투명한 식사
가볍게 날아오르는 투명한 생애

달로 지은 밥

검정 보자기를 푼다
보름달 한 귀퉁이 퍼내어
솥에 안치고 밥을 짓는다
달빛이 익는 고소한 냄새 들려온다
흰 달빛이 새어 나온다
하얗고 어린 초승달
고소한 냄새를 피워 올리며
저희들끼리 바싹 껴안고
몸을 부벼대고 있다
달로 지은 밥 한 그릇
고봉으로 퍼 담아 상을 차린다
김 오르는 초승달 한 숟가락 퍼 먹는다
깜깜하던 몸속에
일순 환한 보름달이 켜진다

연못

그대 마음속에
연못 하나 있어
찰방찰방 그대 속에 손을 담가
물을 휘저어봅니다
흔들리는 내 얼굴
물속의 내 얼굴 속으로
손을 넣어봅니다
그리움 한 켤레 벗어두고
그대 마음속으로 들어갑니다
그대 몸속에 고인
그렁그렁한 내 마음 한 방울

붉게 물든다는 것

누구나 붉게 물드는 순간이 있다
누구에게나 가슴속 한켠에
붉게 물든 영산홍 꽃밭이 감춰져 있다

하늘도 온종일 가슴 아프게 누군가를 기다리다
얼굴 한쪽 붉게 물들이며
붉은 노을로 피어나는 한순간이 있고
짝사랑하는 소녀의 집 근처만 가면
소년의 귀밑이 붉게 달아오르는 한순간이 있다

보아라, 봄이 가고 여름을 견디고
붉게 물든 나뭇잎 뒤에 숨은 홍시 한 알
붉게 익어가는 사과 한 알
붉은 불빛같이 반짝이는 그리움의 순간이
붉게 붉게 물드는 순간이 누구에게나 있으니

타는 듯 붉은 저 단풍나무 아래 서서
붉게 물들었던 한 시절이 그리워

눈시울 붉히는 한 사람

그 사람의 등 뒤에는

노을의 강이 붉게 흐른다

누구나 붉게 물드는 한순간이 있다

마른 대추

그의 잘 마른 몸을 보았다
마를수록 달콤해지는 그의 몸
주름이 가득하다

향기로운 그 길을 걸었다
주름이 깊은 길들 사이에서
햇빛의 향기와
대숲에서 불어오던 바람 소리와
꿀벌의 날갯짓 소리
나비의 날개에 스며들던 노을빛이
흐른다 주름 사이에서

캄캄한 땅속을 헤매며
물 한 모금을 찾아 헤매던 그의 눈빛이
주름 사이에서 빛난다
천둥 번개가 치고 폭풍우가 치던
그 밤의 기억도

주름 사이에 가득하다

그의 달콤한 몸을 깨물자
몸속의 길이 환해진다
생의 향기 확 퍼진다

종이꽃

강변아파트 102동 305호에 사는 노파
종이꽃을 쓰다듬는다
아파트 옆 작은 공터를 내려다본다
버려진 낡은 소파 위에 앉아 졸던 바람이
민들레 홀씨 하나를 데려온 날
깨어진 플라스틱 바가지
쌀을 씻고 나물을 씻던 제 몸 안에
먼지와 빗물을 담아 씨를 품었다
노랗게 벙그는 민들레, 향기를 사방으로 퍼뜨린다
깨어진 핸드폰에 저장되었던 말들
누군가에게로 전송되지 못한 그리움을
비둘기가 콕콕 찍어 먹는다
하얀 배추흰나비 날아와
고요한 시간의 이마 위에 앉는 소리 들린다
다 해진 돗자리에 누워 볕바라기를 하는 고양이
저 혼자서도 야무지게 익은
호박의 누런 엉덩이를 툭 건드려본다
주인의 허락도 받지 않고 누구의 눈치도 보지 않고

사이좋게 살림을 차린 강아지풀 개망초 명아주 질경이
풀벌레들을 손짓해 불러 모은다
공터를 내려다보는 노파의 가슴에도 공터 하나 있어
풀벌레 소리 가슴속 공터로 날아간다
가슴속 공터의 흙을 쓰다듬는 노파의 마른 손가락
그리운 흙냄새에 취하는
노파의 종이꽃 같은 몸에
햇살이 새파란 싹을 틔우고 있다

그 달빛이 걸어오네

오래전 달을 올려다보던 아이의
푸르고 검은 눈망울 속에는
달의 바다가 흐르고 있었네
작은 손에 쥐어지던
달의 은빛 머리카락이 향기로웠네
달의 노래를 베고 잠들었던 적이 있었네

달의 향기를 잃어버리고
날카로운 도시의 불빛을 베고 잠든 지 오래
그 달빛이 걸어오네
아파트 창문 안으로 달빛이 걸어 들어와
얼굴을 쓰다듬네
달은 오래전 달빛 그대로인데
달의 향기를 만질 수가 없네

달의 바다가 흐르는
검고 푸른 우물 안을 들여다보네
가장 깊은 밑바닥으로 떨어지는

뜨거운 눈물 한 방울

둥글게 번져가는 투명한 무늬들

은빛 물고기 한 마리

파드득거리며

달의 바다로 헤엄쳐 가네

새

그녀는 몸속에 새 한 마리 키우네
오랜 세월 몸속에서 키워온 새였네
아무도 그녀 몸속에 새가 산다는 것을
눈치채지 못하였네
가끔씩 그녀 몸속의 새가
그녀의 몸을 열고
후드득 날아오르려 할 때가 있네
그녀는 몸속의 새에게 조용히 말하네
미안해 아직은 아니야 조금만 더 기다려
네 울음소리가 약해 소리에 뼈가 없어
여물지 못한 뼈로는 숲에 당도할 수 없어
소리의 뼈로 사람들의 심장을 쏘아야 해
몸속에 새를 키우던 여자
가슴속 문을 열어 새에게
햇빛 한 줌과 바람 한 줌을 넣어주네
시간을 빵조각처럼 떼 내어 넣어주네
시간을 콕콕 찍어 먹는 새
몸속에 소리의 뼈가 자라는 소리를 듣네

소리의 뼈가 새의 몸속으로 들어가네
그녀는 새장 문을 열듯 가슴을 여네
사람들의 심장으로 곧바로 날아가는 화살
소리의 투명한 뼈가 보였네

장엄한 신전

동산병원 건너편에 서문시장이 있고
병원 장례식장에서 금방 나온 사람들이
육교를 건너 시장으로 간다
교통사고를 당한 남편이 장기 입원했을 때
거대한 신전 안으로 들어서는 경건한 신도처럼
하루에 한 번씩 서문시장을 돌아다녔다
생의 장엄한 신전 안에서는
늘 성대하고 엄숙한 예배가 진행되고 있었다
저도 모르게 느슨해진 생각의 옷깃을 여미고
성스러운 땅을 한 발짝 한 발짝 내딛었다
떠리미요 떠리미! 골라 골라! 하는 호객꾼의 음성과
웃음소리와 욕설과 악다구니는
장엄미사곡처럼 신전의 구석진 곳으로 흐르고
비원과 기도 소리는 신전 안에 가득하였다
고소하고 매캐하고 퀴퀴하고 비릿한 삶의 냄새는
신도들의 몸을 씻어주는 한 그릇의 성수가 되었다
신전에서 돌아와 귤이라든지 배 한 조각이라든지
성물을 건네면 남편의 창백한 뺨에도 화색이 돌았다

시장과 병원 사이로 더러운 비둘기가 날고
세상으로 건너가는 유일한 다리 같은 육교 위에서
노인들이 나프탈렌과 고무줄과 손톱깎이를 팔고 있고
노을이 내리는 서문시장에 불이 하나둘 켜진다
말기 암 환자가 창문 밖을 내다보는 동산병원 건너편
장엄한 생의 신전 같은,
캄캄한 몸 구석구석 불 밝힌 서문시장이 있다

빨래

그는 구겨진 몸
자주 죄를 저지르는 사람
박해받는 신도처럼
거꾸로 몸을 매단 사람
축축한 생각을 남김없이
햇빛에 말리는 사람
햇살의 투명한 채찍을 온몸에 맞는 사람

구겨진 팔과 다리를 착착 개어
서랍 속으로 들어가는 사람
캄캄한 감방에서
구겨진 다른 몸들과
수런거리는 사람
출소되기를 기다리는 죄수

착착 개어진 팔다리를 쭉 펴고
타인의 몸에 덧입혀지는
그는 구겨진 몸

빨리 더럽혀지는 몸

그는 자주 죄를 짓는 사람

남의 죄를 대신해서 입는 몸

몸을 입는 몸

버려진 이불

아파트 옷 수거함 위에
낡은 이불이 난파선처럼 버려져 있다
누군가의 남루한 꿈을 덮어주던 이불이었을까

밤마다 상처 입은 살과 아픈 뼈들은
몽유병자처럼 이불을 들치고 나가
어두운 거리와 더러운 강변을 떠돌았으리
용서할 수 없는 자들을 향해 던진 날카로운 돌들
다시 되돌아와 기억의 뼈에 아프게 박히고
벼랑에 몸을 기대고 울던 지친 꿈의 팔다리들
살과 뼈와 생각들과 눈물을 애써 수습하여
낡은 이불 아래
축축하게 젖은 꿈을 누였으리

도망칠 수 없구나
질긴 몸에서 도망칠 수 없구나

아픈 꿈의 팔다리를 다독다독 두드려주던

늙은 어머니 같던 저 남루한 이불
누렇게 말라붙은 눈물 자국, 생의 수많은 얼룩들
생의 소금꽃이 쓰라리게 피어났던 자리

저기 저 떠나가는 낡은 꿈 한 척,

호떡 굽는 천수관음보살

늙은 그 여자. 서문시장 좌판에 앉아
30년 동안 쉬지 않고 호떡을 구웠네
비바람 불어도 진눈깨비 흩날려도 호떡을 구웠네
벼랑 위에서 자주 흔들리기도 하였네

낡고 오래된 화덕은
천수관음상이 타고 있는 한 척의 작은 배였네
파도가 몰아쳐도 호떡을 구웠네
뱃전에 몰려들던 물고기 떼에게
살을 떼어주듯 호떡을 구워 먹이기도 하였네

호떡을 구워 자식들 공부시키고
시집 장가 다 보내고도
아직도 세상에 퍼줄 사랑이 남아 있는 듯
좌판 위의 수도 생활이 모자라는 듯
천수관음보살 부풀어 오른 반죽 속에
온 마음을 버무려 넣고 있네
하루에 천 개의 호떡을 구워

천 개의 덕담을 한마디씩 넣어주네

호호 불며 호떡을 먹는 저 공양의 한순간
천 개의 손에서 피어나던 천 개의 꽃송이
호떡에서 피어나던 하얀 김은
천수관음보살이 마음을 다하여 피워낸
뜨거운 향불이었네

그림 속에서 나온 솔거

그림 속의 남자 하나
마음의 흙에다 소나무 한 그루 심어
비와 바람과 햇빛과 달빛을 불러
푸른 솔잎을 무성하게 키운다
솔잎 향기 서라벌 하늘을 덮고
새들은 튼튼한 소나무 가지에 날아 앉아
소나무 가지가 휘어지도록 울음 운다

그림 속에서 솔방울을 줍던 남자
그림 밖으로 쓰윽 걸어 나온다
차들이 오가는 거리에 서는 남자
충무김밥현대부동산소망정형외과사철보양탕안동찜닭만
능종합카센터나비음악학원바다회센터……
이 소리 이 냄새 이 색깔이 아니야
간판의 숲속에서 길을 잃는다

회색 아파트 벽면을 올려다보는 남자
거미처럼 벽을 타고 올라가

푸른색 페인트로 쓱쓱 벽화를 그린다
그의 손은 금세 소나무 한 그루를
아파트 벽면에다 심는다
수도관처럼 아파트 벽을 파고 들어가
집집마다 솔잎 향기를 쏟아놓는 소나무

하늘에서 솔방울이 와와 떨어진다
솔방울을 주워 던지는 아이들
천 년 전의 푸른 물감 냄새를 입고
소나무 향기를 몸에 입고 쓱쓱 낙서를 한다
소나무 가지가 휘어지도록 열린
새소리 풀벌레 소리 아이들 웃음소리
남자 하나 소나무 속으로 쓰윽 들어간다

아라크네의 집

나는 죄 없어요
나는 시간을 짜려 했을 뿐이에요
아직은 내 몸에 독한 약을 뿌리지 마세요
시간의 씨줄과 날줄 사이에 말을 짜 넣고 싶었어요
말의 냄새를 짜 넣고 싶었어요
말의 손가락을 더듬더듬 내밀던 순간을
빛나는 말을 캐내던 그 아픈 순간을
가슴을 붉은 흙처럼 파내어
씨앗처럼 심어놓고 싶었어요 아,

아직은 조금만 더 기다려주세요
내 몸이 오그라들고 있군요
가늘고 투명한 씨줄과 날줄 속에
자작나무의 하얀 껍질과 푸른 바람과
새소리를 짜 넣고 싶었어요
사랑해라는 그 말 한마디를 짜 넣고 싶었어요
사랑해라는 말의 냄새를 아시나요
수만 송이 찔레꽃이

일제히 화르륵 피어나는 그 순간의 말의 냄새

말이면서 말 그 너머의 말
두고 보세요
말의 집을 지을 거예요
나비의 날개 같은 말을 가두어둘 집을
말 아닌 말로 이루어진
투명한 말의 집을
말의 겨드랑이에 돋는 날개의 집을

즐거운 이사

햇빛에서 맑은 가야금 소리 들릴 것 같은
환한 가을날 그는 죽었다
폐암으로 1년간 종합병원 중환자실에 들락거리던 그는
죽었다
천만 원만 빚을 더 내달라고 수술하게 해달라고
더 살고 싶다고 애원하던 그가 죽었다
영정사진 속의 그가 국밥을 떠먹는 조문객을 내려다본다
바쁜데도 장례식에 와주셔서 참 감사하다는 표정이다
조문객들 부지런히 귤을 까 먹고 오징어포를 질겅거리고
종이컵에 소주를 따르고 육개장을 떠먹고 피로회복제를
마신다
뜨겁다고 말 한마디 하지 않고 그는 불 속으로 들어간다
시골 동네는 오랜만에 잔치 분위기로 술렁인다
고깃국 냄새를 맡은 개들과 들고양이가 대문을 기웃거린다
환한 햇빛 아래 가을배추들 노랗게 속이 차는 소리 들리고
벼의 뒤통수를 만지는 바람의 손바닥에 황금빛 무늬가 찍
힌다
배추흰나비가 날갯짓하며 가을의 겨드랑이를 간질이자

가을이 한바탕 크게 웃는다 상주들 얼굴도 환하다
포클레인이 방금 지어놓은 새 집으로 그가 들어간다
새소리와 햇살의 눈썹과 솔향기와
숲의 발톱 한 개가 뒤따라 들어가 흙 속에 묻혔다
그가 새로 마련한 세간살이 같다
아무도 울지 않고 죽음을 털듯 구둣발에 묻은 흙을 턴다
까마귀 울음소리 붉은 봉분 위로 검게 떨어져 내리고
영구차는 상주들을 싣고 서둘러 도시로 돌아간다
혼자 남은 그는 캄캄하고 둥근 방 안에서 중얼거린다
태아였을 무렵의 어머니 뱃속 같다고
새로 이사한 방에서 풍기는 생흙 냄새,
이불처럼 아늑하다

삶과 노동의 복원

남승원

1. 점착력의 삶

하이데거가 시를 예술적 행위의 가장 본질적인 것으로 이해한 데에는 언어의 문제와 깊은 연관이 있다. 인류가 언어를 표현 도구로서의 기능성에 주목하고 사용하게 된 이후로 어쩔 수 없이 '언어'의 본래적 의미가 훼손되었다면, 시를 쓰는 행위는 훼손된 언어의 가치를 다시 회복해가는 일이라고 할 수 있기 때문이다. 따라서 예술이 진리를 세워나가는 것이라고 보았던 하이데거에게는 시쓰기야말로 곧 진리를 회복할 수 있는 행위가 된다.

하지만 이때의 시쓰기를 현실과 유리된 채 벌어지는 형이상학적 문제로 밀어두지 않도록 유의해보자. 시쓰기란, 그리고 진리를 수립해나가는 일이란 결국 우리가 살아가고 있는 지금-여기에서 벌어질 수밖에 없는 행위이다. 필연적으로 도래하는 유일한 사건으로서 '죽음'을 공평하게 나누어 가진 우리의 평범한 일상은 이처럼 시쓰기-읽기를 통해 진리를 찾아가는 투쟁이 벌어지는 무대가 된다. 우리가 때로 시 작품을 통해 나와 별반 다르지 않은 삶을 확인하는 순간에 다른 존재를 강렬하게 인식하고 공유하면서 개인적 차원을 넘게 되는 경험 역시 이와 같은 차원에서 이해할 수 있을 것이다.

김옥숙의 시집 『새의 식사』를 읽는 일은 이처럼 '진리'의 모습을 탐구해나가는 것과 동일한 경험이라고 말할 수 있을 것이다. 시인은 이 시집에서 일상을 바라보는 세밀한 시선을 시종일관 유지하면서 흔히 삶의 무게라고 부르는 순간들에 대해 시적 형상화를 시도하고 있다. 그렇기에 김옥숙 시인이 바라보는 삶의 모습들은 일상의 고통을 견디게 해주는 희망을 놓치지 않으면서도 동시에 죽음을 향해가는 필연적 운명의 시간과 한 몸이 되어 있다. 『새의 식사』 전반에 걸쳐서 발산되는 끈끈한 점착력 역시 바로 여기에서 비롯한다.

> 떼어내어도 떼어내어도 들러붙는
> 저 끈질기게 들러붙는 힘은
> 들러붙는다는 것은 얼마나 거룩한 일인가
> 공사장에서좌판에서길바닥에서무료급식소에서
> 밥그릇에 들러붙어 밥을 먹는 일은 얼마나 거룩한가
> 아이가 엄마에게 들러붙어 있고
> 고양이들이 담장 위에 들러붙어 있다는 것
> 하굣길 아이들이 친구에게 들러붙어 있다는 것
> 우산 속 연인들이 한 몸처럼 들러붙어 있다는 것은
> 들러붙는 일은 얼마나 거룩한가

살아 있는 것들이 서로를 놓지 않으려고
삶에 꽉 들러붙어 있다는 것은 얼마나 눈물겨운 일인가
천 길 낭떠러지 아래로 떨어지지 않기 위하여
생을 꽉 쥐고 있는 뜨겁고 아린 손가락들

　　　　　　　　　　 ―「그는 어디서든 들러붙는다」 부분

　시인에게 "들러붙는 일"은 일상을 지속해나가는 평범함 속에서
포착된 핵심이다. 말 그대로 어딘가에 붙어서 떨어지지 않는 것
이야말로 우리 삶을 대변하는 모습으로 그려지고 있다. 자본주
의가 만들어낸 구조가 으레 그렇듯 사회의 가장 낮은 자리에서는
생계를 위해서라면 자신의 감정까지 기꺼이 상품으로 내놓을 수
밖에 없다. 따라서 '들러붙는 것'이란 단순하게 말해서 사람을 상
대하는 직업을 가진 자들이 생계를 위해서라면 거절을 당해도 실
망하지 않고 끝없이 자신의 일을 해나가는 행위를 말한다. 스스
로의 가치를 세우기 위한 일들이 아니라 자신을 버리고 남에게
"들러붙어" 있을 수밖에 없는 것이다. "마트앞에서학교앞에서횡
단보도에서가게앞에서"처럼 띄어쓰기를 삭제한 행이 두 곳에 배
치되면서 그 모습은 시각적으로도 형상화되는 동시에 이 같은 행
위가 벌어지는 삶의 구체적 현장이 강조되어 나타나고 있다. 이
를 통해 우리는 '들러붙어 사는 삶'이 길 위에서 또는 주변 어디든
흔히 볼 수 있는 모습이라는 것을 다시 한번 확인하게 된다.
　중요한 것은 시인이 이 같은 삶의 모습을 바라보는 데에 그치
지 않는다는 점이다. "들러붙는다는 것"은 "밥그릇에 들러붙어 밥
을 먹는 일"처럼 일상적이면서도 구체적인 행위에서 "아이가 엄

마에게 들러붙어 있"거나 "연인들이 한 몸처럼 들러붙어 있"는 것
처럼 사랑의 행위로까지 확장된다. 이 과정을 통해 수동적 삶의
방식이었던 '들러붙는 일'은 결국 능동적인 "힘"으로 전환되고 있
다. 평범한 일상을 그리고 있는 이 작품이 그 속에서 애써 살아가
고 있는 사람들의 행위와 의미를 우리에게 전달하는 것이 가능한
이유는 바로 이 같은 '일상의 힘'을 발견해내는 김옥숙 시인의 시
선 때문이라고 할 수 있다. 나아가 이 작품을 읽고 있던 우리의 삶
에 "꽉 들러붙어 있"었던 것들에 대해서 눈을 돌리게 만든다.

> 아버지는 어느 순간부터
> 없는 사람이 되었다
> 아버지의 몸은 점점 투명해진다
> 소파 위에 앉아 텔레비전을 보고 있는,
> 식탁에 앉아서 밥을 찬물에 말아 먹는,
> 늦은 밤 라면을 끓여 소주를 마시는 아버지를
> 쳐다보지 않는다 식구들은
> …(중략)…
> 길가에 버려진 소파에 눈길이 머문다
> 누군가의 눈물 자국과 한숨과 땀 냄새를
> 뙤약볕 아래 말리고 있는 낡은 소파 속으로
> 아버지 들어가 눕는다
> 뙤약볕 아래서 몸을 말리는 소파
> 따뜻하게 부풀어 오른다
> 부드럽고 따뜻한 소파의 몸속에서
> 투명한 아버지 몸을 뒤척인다
>
> ──「소파 속으로 들어간 아버지」 부분

자본의 확산은 친숙했던 모든 것들에 변화를 가져온다. '아버지'라는 말에 담긴 의미도 마찬가지이다. 농경을 중심으로 했던 사회에서는 고령자 계층이 노동을 감당할 수 없게 되더라도 농사에 필요한 다양한 정보의 보유자로서 그 사회적 역할을 지속해나가는 것이 가능하다. 하지만 지금의 자본주의 사회에서는 시간 단위 임금으로 측정이 가능한 균질화된 노동이 수행된다. 문제는 현대적 노동의 수행자들이 그 노동의 현장에서 제외되는 순간 사회적 개체로서의 필요성마저 삭제되어버린다는 것이다. '아버지'라는 말이 가족 구성원의 한 역할을 지칭하는 의미였다면 이제는 노동을 대표하는 것으로 변화되고, 따라서 노동이 멈춘 '아버지'는 그와 동시에 가족 구성원으로서의 역할까지도 폐기되어버릴 수밖에 없다. 이처럼 '아버지'라는 말에 담긴 의미의 변화는 단순히 한 개인이나 특정 가족 구성원에 국한된 문제가 아니라 자본주의적 사회 구조의 모순을 관통한다.

길을 걷다가 우연히 목격한 "소파"를 통해 시인이 그려내는 '아버지'의 모습이 바로 그렇다. 시인은 소용을 다한 채 "길가에 버려진 소파"를 주목하면서 거기에 들러붙어 있었던 그간의 세월을 복원해낸다. "눈물 자국과 한숨과 땀 냄새"로 요약될 수 있는 그 시간들은 구입한 물건의 쓸모가 점차 없어져가는 과정인 동시에, '아버지'라는 이름으로 대변되는 노동자의 시간이 거쳐온 결과물이다. 쓸모를 다하고 버려진 물건의 주인을 탓할 수 없는 것처럼, 효용의 관점에서라면 "오래전 실직한 아버지"를 "없는 사람"으로 대하는 것도 어쩌면 당연한 일이 아니냐고 반문할 수도 있겠다. 하지만, 앞서 지적한 것처럼 노동의 불가능이 개별적 주체로서의 고유성을 폐기하는 것에 대한 동의로 받아들여지는 것은 결국 '인간'을 삭제한 자본주의의 단면을 스스로 드러내는 일이다.

이 같은 시선을 주목해야 하는 이유도 바로 여기에 있다. 대상을 세밀하게 관찰하고 그것에 들러붙어 있던 일상의 순간들을 복원해내는 김옥숙 시인의 시선은 시집 전체에 걸쳐 특징적으로 드러나 있다. 가령, "짜장면"을 보면서 '후회, 슬픔, 원망, 분노'의 감정이 모두 뒤섞여 검정색을 가질 수밖에 없다고 말하는 「짜장면을 먹는 한순간」이나, 더 이상 날지 못하게 된 도시의 "비둘기"와 노숙인들의 모습을 겹쳐두고 있는 「도시의 비둘기」, 그리고 '마른 대추'의 "주름"을 거슬러 올라가 하나의 대추에 이르기까지 있었던 모든 "기억"들을 복원하는 「마른 대추」 등의 작품에서 확인할 수 있는 것처럼 말이다.

이처럼 '버려진 소파'와 '실직한 아버지'를 겹쳐두고 있는 시인의 시선은 두 대상이 지나왔던 이전의 시간 모두를 복원한다. 이것은 단순한 관조적 결과물이거나 대상에 대한 무조건적인 동정을 의미하지 않는다. 대상과 인간이 모두 하나의 의미망 안에서 각자의 의미를 되찾아가는 일은 곧 자본이 '사물-인간'에게 선고한 효용의 종료를 거부하는 일과 다르지 않다. 따라서 우리는 『새의 식사』를 읽으면서 자본의 힘으로 삭제되어왔던 인간의 얼굴을 비로소 마주하게 된다.

2. 인간의 얼굴

정신적 활동이나 예술적 행위와 대립되어 평가절하되기도 했던 '노동'의 가치는 마르크스를 거치면서 변화한다. 인간적 욕구를 충족시키기 위한 필연적이고 총체적인 행위이자 자기실현의 방식이 된 것이다. 하지만, 노동을 극대화시키고자 했던 산업사회로의 변화는 정작 그 '가치'를 도외시하고 '효율'만 높이는 방식으로 이루어졌다. 그 과정에서 인간은 더 이상 노동의 주체가 될 수 없었다. 노동의 과정에서 인간이 소외되는 자본주의적 모순에 마르크스가 주목했던 것은 당연한 일처럼 보인다. 앞서 말했듯이 『새의 식사』에서 복원하고자 하는 '인간의 얼굴'은 이와 깊은 연관이 있다.

> 늙은 그 여자. 서문시장 좌판에 앉아
> 30년 동안 쉬지 않고 호떡을 구웠네
> 비바람 불어도 진눈깨비 흩날려도 호떡을 구웠네
> 벼랑 위에서 자주 흔들리기도 하였네
>
> 낡고 오래된 화덕은
> 천수관음상이 타고 있는 한 척의 작은 배였네
> 파도가 몰아쳐도 호떡을 구웠네
> 뱃전에 몰려들던 물고기 떼에게
> 살을 떼어주듯 호떡을 구워 먹이기도 하였네
>
> 호떡을 구워 자식들 공부시키고
> 시집 장가 다 보내고도
> 아직도 세상에 퍼줄 사랑이 남아 있는 듯
> 좌판 위의 수도 생활이 모자라는 듯
> 천수관음보살 부풀어 오른 반죽 속에

온 마음을 버무려 넣고 있네
하루에 천 개의 호떡을 구워
천 개의 덕담을 한마디씩 넣어주네

호호 불며 호떡을 먹는 저 공양의 한순간
천 개의 손에서 피어나던 천 개의 꽃송이
호떡에서 피어나던 하얀 김은
천수관음보살이 마음을 다하여 피워낸
뜨거운 향불이었네

—「호떡 굽는 천수관음보살」 전문

　"서문시장 좌판"이라는 구체적인 노동의 현장을 배경으로 하고 있는 이 작품에서 시인은 일상적 노동을 종교적 차원과 같은 행위로 아름답게 그려내고 있다. 『새의 식사』를 읽어가면서 종종 만나게 되는 이와 같은 미적 경험은 조금 특별하다. 작품을 세심하게 읽어보자.

　우리가 아름다움을 느끼게 되는 이유는 '호떡을 굽는 행위'와 '천수관음'의 모습이 겹쳐 있기 때문이다. 일상에서 종종 만나는 숙련된 노동의 행위를 보고 감탄하게 되는 것처럼, 작품 속에서 익숙하게 호떡을 굽는 행위는 천 개의 팔을 가지고 있는 천수관음과 형태적 유사성을 보인다. 또한 노동을 통해서 힘겹지만 "자식들 공부시키고/시집 장가 다 보내"면서 생계를 유지해나가는 모습 역시 중생을 구제하는 천수관음의 역할과 유사하게 그려진다. 일상에서 흔히 볼 수 있는 노동의 모습이 종교적 차원으로 승화되는 바로 이 과정이 작품을 읽는 우리에게 아름다움을 전달하고 있는 것이다. 미학적 차원에서 말하자면 이는 '숭고'의 경험이라고 할 수 있을 것이다.

오래전부터 인류가 내면에서 인식되는 특별한 아름다움의 경험을 설명할 수 있는 개념으로서 내세워진 숭고는 무엇보다도 영혼의 차원과 연관되어 있다. 관련된 가장 오래된 의견 중 하나인 롱기누스에 의하면 숭고는 '고양된 영혼'을 가진 자들에 의해서 구현된다. 이후 다양한 개념의 변용을 거치게 되지만 '영혼'이나 '자연'과 같은 절대적 대상과의 관련성은 여전히 숭고의 개념을 지배한다. 그런데 이 작품에서 우리의 미적 경험은 몰형식적인 대상을 만나 한계에 이르기까지 자신의 상상력이 확장되어가는 통상적인 숭고의 방향성과는 다르게 시적 배경이었던 "서문시장 좌판" 내지 "낡고 오래된 화덕"을 벗어나지 않는다. '천수관음'을 향해 확장되었던 상상력은 오히려 "호떡을 구워"내거나 "호떡을 먹는" 행위들이 벌어지고 있는 '좌판' 앞으로 되돌아온다.

이 작품을 비롯하여 시집 『새의 식사』를 통해 마땅히 강조되어야 할 부분이 바로 여기이다. 김옥숙 시인은 살아가는 동안 반복될 수밖에 없는 노동과 또 노동의 반복으로 이루어지는 우리의 일상을 섣불리 뛰어넘으려 하지 않는다. 또한, 고통스러운 노동의 현실을 동정하거나 성급하게 삭제하지도 않는다. 지속적으로 확인하고 있는 것처럼, 그는 노동의 현장을 섬세하게 관찰하면서 실질적인 노동의 행위와 그것이 만들어내는 가치들을 복원해냄으로써 결국 노동의 주체인 '인간'의 얼굴을 마주하게 만들고 있다.

수선집에 들어서던 사람들
그의 손에 들린 날개를 보지 못한다
그는 수선한 옷 속에다 날개를 몰래 넣어 손님들에게 건넨다
실 먼지 풀풀 날리는 수선집 안에서
튼튼한 날개를 만들기 위해 쉼 없이 재봉틀을 돌리는 사내
날아오르기 위해 한껏 몸을 웅크리고 있는
독수리 한 마리, 저 형형한 눈빛.

　　　　　　　　　　　　　　　　　　　—「날개 만들기」부분

　'수선집'을 배경으로 하고 있는 이 작품 역시 마찬가지이다. 시
인은 "잘려나간 뭉툭한 손가락 세 개"를 가지고 있는 "수선집 늙은
사내"에 주목하고 있는데 그는 신체가 훼손될 만큼 자신의 노동
에 전념해온 인물이다. 그러면서도 평생 자기 노동의 현장인 "비
좁은 수선집 한 귀퉁이"를 벗어나지 못하고 있는데, 그에게는 도
전해보지 못한 채 간직하고만 있는 다른 꿈이 있는 듯하다. 흥미
로운 점은 이 '사내'의 꿈이었던 것들이 결국 그의 노동 안에서 실
현되고 있다는 사실이다. 비록 그는 "늘 추락하는 세월"을 살아왔
지만 "수선한 옷 속에다 날개를 몰래 넣"는 상징적 행위를 통해 자
신의 꿈을 다른 방식으로 실현시킨다. 나아가 이 행위는 평생 동
안 반복해왔던 자기 노동의 모습 그대로가 꿈의 실현이었다는 것
을 역설적으로 드러낸다. 앞에서와 마찬가지로 이것이 삶의 예찬
을 보여주는 단순한 방식이 아니라는 점에 유의하자. 다시 한 번
정확하게 말해서 이것은 훼손된 노동 가치의 회복이며, 노동하는
행위의 연대를 통해 새롭게 발견된 "저 형형한 눈빛"을 가진 인간
의 얼굴이다.

3. 노동의 복원

자본의 축적에는 한계가 없다고 믿는 자들만이 자본주의에 최적화될 수 있다. 끝없이 발전할 수 있다고 믿는 자들만이 도래한 문제점들을 외면할 수 있다. 발전과 축적에 한계를 부여하지 않는 자본주의 시장에서 인간성을, 그리고 비인간적인 문제점들을 간단히 무시하는 이유가 바로 여기에 있다. 인간성을 사유하는 다양한 방식들이 언제나 공통적으로 '죽음'이라는 한계를 설정하고 있는 것도 이와 무관하지 않다. 필연적으로 도래할 사건으로서 죽음을 사유 안으로 끌어들일 때만이 모든 가치들을 수치화·계량화하면서 축적의 대상으로 만드는 힘을 중단시키는 것이 가능하다. 나아가 죽음을 앞둔 상황에서야말로 경쟁의 대상이 아닌, 절대적 조건을 동일하게 나누어 가진 타자와 처음으로 평등하게 만날 수 있게 된다.

> 동산병원 건너편에 서문시장이 있고
> 병원 장례식장에서 금방 나온 사람들이
> 육교를 건너 시장으로 간다
> 교통사고를 당한 남편이 장기 입원했을 때
> 거대한 신전 안으로 들어서는 경건한 신도처럼
> 하루에 한 번씩 서문시장을 돌아다녔다
> 생의 장엄한 신전 안에서는
> 늘 성대하고 엄숙한 예배가 진행되고 있었다
> 저도 모르게 느슨해진 생각의 옷깃을 여미고
> 성스러운 땅을 한 발짝 한 발짝 내딛었다
> …(중략)…

시장과 병원 사이로 더러운 비둘기가 날고
세상으로 건너가는 유일한 다리 같은 육교 위에서
노인들이 나프탈렌과 고무줄과 손톱깎이를 팔고 있고
노을이 내리는 서문시장에 불이 하나둘 켜진다
말기 암 환자가 창문 밖을 내다보는 동산병원 건너편
장엄한 생의 신전 같은,
감감한 몸 구석구석 불 밝힌 서문시장이 있다

　　　　　　　　　　　　　　　── 「장엄한 신전」 부분

　'서문시장'은 시집 『새의 식사』에서 노동의 현장으로 반복 등장
한다. 궁금해서 정보를 찾아보니 한때 삼남에서는 가장 큰 시장이
었다고 하는데, 지금도 주말이면 10만여 명의 사람이 방문하는 꽤
큰 규모라고 한다. 시인에게 개인적인 사연의 여부까지 알 수는
없지만, 앞선 작품에서도 볼 수 있는 것처럼 '서문시장'은 최소한
그에게 가장 치열한 노동이 벌어지는 구체적인 배경이 되어준다.
　카메라의 기법에 비유했을 때 「호떡 굽는 천수관음보살」이 서
문시장을 시작으로 '호떡 좌판'에 줌 인한다면, 이 작품은 반대로
서문시장 전체를 조망할 수 있는 시선까지 줌 아웃하고 있다. 이
를 통해 우리는 '시장─삶'과 가장 가까운 거리에 자리 잡고 있었
던 '장례식장─죽음'의 위치를 실제적으로 감각할 수 있게 된다.
시적 주인공이 "하루에 한 번씩 서문시장을 돌다"니면서 그 노
동의 모습들을 유심히 보게 된 계기 역시 정기적으로 "병원"에 올
수밖에 없는 일이 생겼기 때문이다. '시장' 속의 평범한 일상에서
가 아니라 죽음이라는 사실에 대한 인식, 또는 노동의 불가능성
이라는 역전된 위치에서 처음으로 삶의 현장을 바라볼 수 있게

된 것이다. 따라서 "호객꾼의 음성과/웃음소리와 욕설과 악다구니"가 난무하는 시장의 모습은 그것만으로도 주인공에게 "생의 장엄한 신전"처럼 여겨진다. 나아가 시장에서 판매하는 "귤이라든지 배 한 조각"과 같은 물건들은 이윤을 창출하기 위해 거래되는 것이 아니라 "남편의 창백한 뺨에도 화색이 돌"게 만드는 가치로 쓰이게 된다. 마르크스식으로 말해보자면, 이 거래는 누구도 소외시키지 않으면서 시장의 논리에 훼손되었던 가치를 다시 복원해내고 있는 것이다. 우리의 삶은 어쩌면 죽음과 들러붙어 있기 때문에 "캄캄한 몸 구석구석 불 밝"히고 있었던 평범한 일상이 의미를 찾을 수 있게 되는 것인지도 모른다.

　김옥숙 시인은 이처럼 '들러붙어 있는 힘'으로서의 삶을 발견한다. 그것은 위태롭지만 "벼랑 끝에서도 멈추지 않"도록 만들어주는 미약하고도 강인한 "뿌리"와 같은 모습으로 나타난다(「뿌리는 벼랑 끝에서도 멈추지 않는다」). 그 힘은 구체적인 노동의 행위와 결부되면 자본의 논리로 삭제된 내면의 가치들을 복원하는 길로 이끈다. 『새의 식사』가 평범한 일상의 모습들을 세밀하게 그려내면서도 우리에게 미학적 아름다움을 경험하게 만드는 이유 역시 이와 관련되어 있다. 노동이 인간의 필연적인 행위일 수밖에 없다면, 무엇보다도 우리의 행복은 노동 그 자체에서 비롯되어야 한다. 이 간단한 사실이 지금의 현실에서 그토록 실현되기 어려운 것은 그만큼 노동의 가치가 훼손되어 왔기 때문이다. 『새의 식사』를 읽어가면서 구체적인 노동의 행위들을 따라가는 일이 선사하는 아름다움은 바로 우리의 정체성과 결부된 노동의 가치가 복원되는 것을 경험하게 되는 즐거움과 다르지 않다. 하이데거의 말대로 시쓰기-읽기가 진리를 찾아가는 과정과 가장 유사하다면 그것 또한 김옥숙 시인의 노동-시쓰기 속에서 구현될 때에 가능한 일일 것이다.

南勝元 | 문학평론가

푸른사상 시선 134

새의 식사